네가 나에게

내가 나에게

최경옥 시집

행복한책읽기

시인의 말

아들이 말해 주었다
- 엄마책이
- 갖고 싶어요
동인지 공동저서를 우편으로 받은 날
나의 팬을 자처하는 아들이
엄마이름 시집 내시라 한다

장 천공으로 병원에서 이별할 고비를
무사히 넘기고도
주저앉은 자존감 회복이 더딘데

가족들 격려에 시집을 준비하며
아주 오래된 습작들까지
정리해 본다

목차

1부 _ 나무가 나무에게

나무가 나무에게

흔들리지 말고
흔들리더라도 마음까지 흔들리진 말고
뿌리까지 다치지는 말고
네 안의 너를 바로 세워
멀리 보이지 않는 곳까지 생각할 줄 아는 눈으로
더불어 나눌 수 있는 따뜻한 가슴으로 손으로
우뚝 서 있어주오
사랑이라는 이름으로

섬

누나, 눈 감으면 자꾸만 섬이 보인다
홀아버지 늦장가 새로 보내놓고
그날따라 몹시도 새로 부는 바람을 맞으며 떠난
누이의 슬픔을 따뜻이 달래며
나는 생각되지 않는 섬을 본다

이른 봄날
하늘 끝에서 여린 비가 내리면
누이의 살냄새나는 바람이 불어오고
지난날 손가락 사이에 모아놓은 이야기들이
하나씩 소리없이 풀려나온다

비오면 새들은 왜 우냐던
갈 곳이 없어서 운다던

지금 누이는 그 먼 섬돌에 앉아
날마다 쌓여가는 그리움으로 노래 부르겠지만

나는 현기증도 잊고 봄나들이를 간다
눈만 감으면 보이는 누이의 섬으로

비가 오려나
비가 오려나
비만 오면 울어대던 빗새들의 날개가
가슴 깊은 곳에 묻혀 떨고 있는 걸 보니

가을비

때마다 손님처럼 온다 하셨다
산길 물길 휘돌고 돌아
야윈 지팡이 하나 옆에 세우고

오다가 물 만나면 물 되었다가
바위 만나면 잠시 바위 되었다가
비 온다고 숨는 법 없다 하셨다

그 고즈넉한 산기슭에 자리 잡고
누우신 지 몇 년이던가
때마다 기웃기웃 오실 거라더니

그리움 꽉 찬 이 가을날
어느 밤쯤 오시려나
내 아버지께서는.

대비사

맑은 호숫가를 돌고 돌아
가을하늘 쏟아내리는 청아한 빛 받으며
푸른 도시 청도의 아늑한 절 대비사에 갔더니

인기척 없는 고요 속
가벼운 풍경소리가 마음을 두드리고
마당의 작은 연못엔 나뭇잎 두둥실

약수 한모금 들이키는 뭇 인생의
고뇌가 씻겨 내려가는 안식을 보며
찬란한 상생을 누려본다

낡은 옷가지에 대한 명상

잠바를 빨 때가 되었구나
단정히 옷걸이에 걸려 있는
귀중품 빨랫감 하나
철마다 꺼내 빨아 걸어놓고
명절 앞이면 꺼내 빨아 널고 또,
그리우면 소매를 꼭 잡아보는 낡은 잠바
내 기억 속 아버지는 늘 이 잠바차림
자식들이 옷 사 드린다면 설레설레 손을 젓던
검소함과 고집스러움
오리털도 양털도 아니요 묵직한
솜을 넣어 두루룩 박아 누빈
거무칙칙하고 낡은 아버지 세월
절대 태워버릴 수 없어 챙겨둔 당신의 분신
지금의 나를 철저히 보살피시어
환한 마음으로 묵은 때를 빨아야겠지

꽃눈 내리는 날의 정서

바람 한 소끔 휘리릭 몰아치니
하늘에서 꽃눈이 두둥실 흩날려
비명을 지르며 내려앉네

보름 남짓 화려했던 자태
아쉬울 틈도 없이
맥없이 주저앉는구나

사랑을 나누기엔 충분하지 못한 시간
아쉬워 손을 뻗어보아도
붙잡을 재간이 없네

너무 짧게 머무르다 가 버리는
야속한 님
다시 피어날 날 기다릴 수 밖에

동전

너의 신세가 나만 하구나
주머니에 손을 넣고 너를 매만지면
부러울 것 없이 콧노래가 나오더니만

허기진 꿈 쓰다듬던 대학시절
희망을 주려 무던히도 애쓰던 너의 노력도
지금은 나처럼 무기력 상태

세상 이곳 저곳 돌지 못하고
나와 함께 빈 방을 나뒹굴어도
들려 줄 노래가 이젠 시들해졌으니

풍요롭고 싶던 자취방
너를 깔고 자던 밤
그것은 먼 옛날일 뿐

내가 나이 들수록 점점 더 너도
나만큼 기운 없고 작아지겠지

해거름

해거름의 방황은
어쩔 수가 없네

순환되고 있는 모든 피가 뜨거워지고
온 마음이 송두리째 흔들려 멀미가 날 지경
그런 날이 숱하게 많아
내 생이 불완전해지는 시각

창가에 서서 붉게 물든 서녘하늘을 보며
정리되지 못한 말들로
닿을 곳 없는 안부를 주절거리는
이 시간 나는 분명 외로운 것이다

해거름의 방황은
어쩔 수 못하겠다

밤차

그리운 것들이

늦은 밤 가로등 아래 흔들리며

차창을 스치고 지나간다

한낱 소박한 꿈들이 서성이며 오가는 시간 앞에서

허물어진 담장 아래 피어난 풀꽃을 보았던가

불빛 아래 흐드러진 희망을 읽었던가

살아가는 일이 몹시 마른기침 소리 되어

허공을 떠돌던 시절

청춘의 발자국마다 찍힌 허무와

무의식의 긴 그림자

야윈 어깨 위로 삶이 내려앉아 갈 길을 잃었던가

기차는 오래된 기억을 태우고 긴 여정을 지나

끝도 없는 시간의 언저리로 향하고

이미 지나온 간이역마다

그리운 것들이

늦은 밤 가로등 아래 흔들리며

꽃으로 피어 있었다

목

나는
불평하지 않는다

불만을 말하지 않고
서러움을 내색하지 않고
눈물을 보이지 않는다
편하지 않아도
아파도
마음이 무너져 내려도
편한 척
아프지 않은 척
스스로 위로하며 그저

그냥 삼킨다
그게 병이다
목이 아프다

풀꽃

꺾여도 좋아
흔들림이 심하여

그러고 싶은 날

나를 흔드는 바람줄기 무작정 잡아 세워
손 떨리는 고백이라도 하듯
그에게 지친 마음 모두 내놓고
등에 업혀 떠돌다 상흔(傷痕)으로 돌아올지언정

불현듯 애써 참아온 울음
터트려 볼까나 봄날 내 사랑

안부

미안하오
나 살아 있음에도
살고 있음을 그대들에게 전하지 못했소

그대 살아 있는지
잘 살고 있는지
여쭙지 못한 나를 용서하오

아무것도 아닌 내가
무엇 하나 제대로
해낼 줄 아는 게 없는 내가

감히 오늘은 그대들의 안부가
궁금하오
누구랄 것 없이 모두가 그리운 날

어쩌다 보니 어느날 노을이 지고 있고

저 붉은 강물 끝자락
그대들의 얼굴이 비치고

미안하오
놓치고 지내는 것이 너무 많은 시간들
결코 잊고 사는 것이 아닌 시간들

술잔을 스치던
바람 한 줄기도 애틋하게
기억하고 있음을

사당역에서

서울 만남의 중심 사당역
14번 출구앞 초저녁 수많은 인파 속
조용히 놓인 좁디좁은
공중전화 박스 안
나이 지긋하신 영감님 한 분이 서서
사람들 눈을 피하는 듯 두리번거리며
빵을 드시고 계신다
친구들 만나러 급한 걸음 옮기다
그 모습 애잔하여 조심스럽게
박스 안을 바라보는데
아 그 목메임에 들이키는 병을 보니
소주병이 아닌가
갑자기 숨이 턱 막혀
다시 들키지 않게 한바퀴 크게 돌며
박스 안을 유심히 보니
독하디독한 빨간 소주병뚜껑
갑자기 내 목구멍이 뜨거워지고

다리에 힘이 풀려 휘청거린다
약속시간 지나도록 자리를 뜨지 못하고
가만히 응시하는데
소주 한 병 다 들이키고 빈 삶을
검은 비닐봉지에 담아
홀연히 걸어가시는 애처러움
마른 빵 조각과
공중전화기 옆 구석 한 켠에
몰래 세워져 있던 소주병과
빨간색 병뚜껑의 고독

아 사당역
참으로 복잡하구나

섬마을 친구

둘도 없는 나의 작가 친구
오래된 친구
완도가 고향이라던
섬마을 친구
나를 슬쩍 당신 소설 속에 끼워 놓고는
모른 척하긴가
멀리 섬에서 왔다고
슬그머니 잠수타긴가

누가 봐도 그 얘긴 내 얘기였네
누가 봐도 이 얘긴 당신 얘기네

스무 살 불완전한 꿈과 희망의 변방에서
외롭지 않게 손잡아주며 나누던
시와 사랑과 그리움 한 소절
먼 훗날 작가가 되어
다시 손잡자던 막연한 맹세의 약속

잘도 이루어냈구나 섬을 닮은 친구여

잊지 말고 평생지기

가시버시하세 두루두루

겨울 나그네

곤돌라 타고 정상에 올라
눈 덮인 산을 발아래 두고
겨울나무로 휘청거린다
해발 1458미터의 정상에서
눈바람 몰아치는 흔들림 속
우리는 서로의 손을 잡아주었다
겨울이면 자주 올라오는 산
반겨주는 건 언제나 차디찬 바람

함께 오른 사람들은 장비를 여미어
발왕산 능선을 따라 줄줄이 스키를 즐기고
꼭대기에 홀로 남은 나는
올해도 여유로운 겨울나그네
가지마다 걸린 눈꽃들을
아름답게 바라보는 일이 즐겁구나
모카커피 한 잔 뜨겁게 타서
곤돌라 하행선에 몸을 싣는다

민들레 꽃씨에게

훅 불면 날아가 버릴 듯한
오래된 나의 친구여

가녀린 동그라미 나풀나풀
예쁘기만 한데
너를 만나고 오는 길은
슬픔에 빠지네

위태로운 너의 일상
잡아주지도 못하고
세월 가는 대로
흩날리는 대로

바람타고 어느 좋은 곳에 내려앉아
부디 예쁘게 꽃을 피우렴

오라면 오고 가라면 가고

목소리만 가라앉아도 그녀는 달려온다
감기든 무엇이든 조그만 낌새에도
당장 알아차리고 달려오는
그녀의 몸은 바람일 것이다
바람으로 달려와 내 얼굴을 씻기고
바람으로 설거지를 마친다
더러 그것도 귀찮은 표정이 보이면
또한 바람처럼 사라져 준다
그녀의 발자국엔 먼지가 없다
언제 다녀갔는지 아무도 모르게
흔적을 남기지 않는다
마술사처럼 콩쥐의 두꺼비처럼
가지런히 빨래가 개어져 있다
내 몸 하나 제대로 살피지 못하는 나를
제 몸처럼 여기는 그녀는
하지만 분명 안다
내놓지 않고 감추어 둔 소쿠리 속

그 안에 담긴 내 미안함의 무게

올 이 없는데 대문 열리는 소리,
그녀다

그녀와의 잔치

또 때가 되었구나 맛있는 향기와 놀 수 있는.

내가 가난해 작은 창을 열었을 때
기꺼이 누추한 방 안까지 들어와 앉아
한참 노닐다 허기를 잊게 해주던 고마운 친구

그녀의 향기는 어머니를 닮았었고
주머니 몇 안 되는 동전을 헤아리고 있었고
실연에 빠진 내 마음을 읽고 있었고

몇 날 며칠 거르지 않고 나를 찾아주던 그녀
소리소문없이 소식 뚝 끊는 습성이 있었지
해마다 오월이면 나를 시험하듯 잠깐씩 다녀가는데

내 너를 꼭 붙잡을 힘이 있으려나
이번엔 좀 더 오래 머무르면 안 될까
향기로운 벗, 아카시아

사람을 만나고 나면

사람을 만나고 나면
돌아서는 순간 더 외로워진다

사람을 만나
행복한 시간을 가지면 가질수록
그 무게만큼 더 허전해지고

혹
사람이 집을 찾아와 머무를 때도
보내고 대문을 잠그는 순간 눈물 고인다

사람을 만나는 일이
너무 행복해서
돌아서는 순간은 감당할 수가 없다

오막살이

꿈속에서 기찻길이 보입니다
푸른 나뭇가지들 무성히 흔들리고
하늘엔 실구름 떠다닙니다
잠자리 높이 떼 지어 날고
기차는 긴 여운을 남기며 달려갑니다
동화처럼 놓인 오막살이 하나
그곳엔 누가 살고 있을까요

유년의 아득함으로 달리는 기차
내가 뛰어놀던 모습이 보입니다
나는 엄마 너는 아빠 소꿉놀이와
먼 산 바라보는 놀이와
지금도 아득한 꿈 이야기와
사람이 만나서 헤어지지 않는 이야기와
죽을 때까지 행복하게 살았더란다 이야기와

꿈속 오막살이 한 채 지어두고

동화 속의 주인공이 되어 봅니다
그곳엔 잔잔한 웃음만 있고
슬픔은 하나도 없습니다

절반의 꿈

나는 당신의 점이다
당신이 한 박자의 호흡으로 걸어가면
나는 그 절반의 호흡으로 따라가고
두 걸음 걸으면 한 걸음만 따른다

당신을 만나기 전에는
어느 곳에도 정착할 수 없는 불완전한 존재로
맨바닥을 뒹구르르 구르거나 튀어다녔다

당신 뒤에 놓여 절반의 꿈을 꿀 때
비로소 환상의 화음으로 몫을 다 하고
마음 편히 걸어갈 수 있음을

당신 보폭의 반만 벌리며 쫓아가는
나는 당신 뒤에 놓인 점
당신은 내 앞에 놓인 음표다

사막에서

가질 것 없다
버릴 것도 없다
드넓은
고운 모래 벌판
한없이
걷다가
걷다가

물 한 모금 시원하게
목을 축이니
온갖 욕심 따위
무엇 있으랴
남겨지는 건
오직
발자국뿐

-2018 두바이 여행 중 사막에서

시어머니 전상서

청국장을 맛있게 끓여놓고
갖가지 반찬을 내 앞에 놓아 주시던
꽃송이 같던 손
엄마라고 오랫동안 편하게 부르며
함께 걸어온 삼십 년 발자취
바위처럼 단단한 정을 쌓으며
나도 관절이 저리고 나이 드나 할 즈음
기억의 모퉁이를 돌아
어린아이처럼 보채고 서 계시는
힘없는 두 다리와 가녀린 지팡이

어여삐 여겨 주시던 며느리의
이름도 잊어버리신 채
맥없이 바라만 보시는 안개 낀 눈
더 이상 청국장을 끓이지 못하신다
마른 꽃 두 손이 향기를 잃었다
했던 말 또 하고

돌아서면 또
했던 말 또 하고
또 돌아서면 또 하시고
아, 세월의 야속함이여

당신 앞에서 할 말을 잃었습니다
그저 목이 메고 애가 탑니다
점점
희미해져 가는 기억의 집 속에서
부디
좋은 일만 기억하시며
그 세계를 꾸려가시길
기원하나이다

2부 _ 내가 나에게

화초

눅눅했던 집 한 켠에
햇살이 들기 시작했네
겨울잠 늘어져 있던 화초들의
손톱에
갖가지 색이 맺히더니
하루가 다르게 부쩍 피어오르는
꽃봉우리
어쩌면 좋아
뽐내는 자태에 심취하여
절로 사랑에 빠지네

내 이름은 윤이

어린 시절 엄마는
나를 윤이라 부르셨지
반짝반짝 빛나라고
윤아 윤아 하셨지

어린 나를 두고 가신
서러운 엄마의 발걸음
얼마나 애가 탔을지
어른이 되어서야 깨달았네

병든 몸 뒤척이며
나를 안고 주무시던
그 안타까운 밤
엄마의 따스했던 품

그후로 아무도 나를
그리 불러주는 이 없어

혼자 글 끝마다

윤이. 라고 쓰네

                                        -윤이.

내가 나에게

괜찮아
괜찮아
잘 살아왔어
늘 주변도 잘 챙기면서
힘든 내색없이 잘 해왔어

어느덧 오십 끝자락 나이
이제 좀 내려놓아도 돼
어깨에 지고 온 무거운 짐들
모두 내려놔

살아가는 데 정답은 없으니
지금까지 해온 것처럼
긍정의 힘으로 묵묵히 길을 찾으며
한 걸음씩 나아가기

내가 좋아하는 꽃여행도 다니고

좋은 사람들과 늦도록
이야기꽃도 도란도란 피우며
행복하게 살아가기

그래,
괜찮아
괜찮아

-2023년 오십 끝자락 나이에, 윤이.

다름

1.
아무리 가까워도 너와 나는 멀지
아무리 멀어도 너와 나는 가깝지
나의 맘속 들끓는 내 삶의 고민
너의 맘속 들끓는 니 삶의 고뇌

같은 곳 바라봐도 서로 다른 생각
시도때도 없이 부는 저 바람 타고
나는 산을 오르고 너는 물을 건너고
너와 나의 다른 생각 바람만 알고 있지

서로 다름을 인정하며 나를 내릴 때
서로 다름을 인정하며 너를 올릴 때
우리 그때서야 진정한 하나가 되고
우리 그때서야 진정한 자유가 되고

2.

나는 향기나는 봄날의 꽃길을 좋아해
너는 붉게 물든 가을날 낙엽을 좋아해
꽃향기 맡으며 내 삶의 길을 찾네
낙엽을 밟으며 넌 너의 삶을 돌아보네

바라보고 있어도 서로 다른 생각
시도때도 없이 부는 저 바람 타고
나는 햇살이 되고 너는 구름이 되는
너와 나의 다른 생각 바람만 알고 있지

서로 다름을 인정하며 나를 내릴 때
서로 다름을 인정하며 너를 올릴 때
우리 그때서야 진정한 하나가 되고
우리 그때서야 진정한 자유가 되고

어른시절

산 위에서 아래로
바위 틈새를 잔잔히 흘러내려
가녀린 물줄기가 모이는
작은 또랑
쉬었다 흐르는 얕은 물 위에
둥실 떠다니는 갖가지 나뭇잎들
살포시 걷어내어
바윗돌 밑
제 몸 만한 흙구멍을 파고 기어들어가
휴식을 취하고 있는
가재를 불러내어
술래잡기하며
놀기

열두 시 하고도

밤 열두 시 하고도 이십 분
허구한 날
밤 열두 시는 기본
새벽 두 세시 넘기는 불면의 밤을
어찌 고칠 수 있을지

이놈의 인생은
왜 이렇게 생각만 많은지
무엇하나 제대로 해내지도 못하면서
뭔 생각 속 잣대는
이리저리 잴 게 많은지

그래봤자
마음만큼 살아지는 인생도 아니더구만
그저
살아지는 대로
사는 인생이더구만

꿈

어무이 부뚜막에 앉아
밥숟가락으로 감자껍질 훑어내고
아부지 마당에서
멍멍이 쫑 밥 먹이고
언니 동생 분주히
빗자루질 걸레질

빨래 또아리는 내가 야물게 잘 틀어
빨랫줄에 탈탈 털어 늘었는데

식구들 하나 둘
스물스물 연기처럼 사라져
그리움 되었고
남은 식구들도 멀찌감치
만나기 힘드니
돌아가고픈 어린 시절
꿈속이더라

꽃샘추위

그럴 수 있지
팝콘처럼 한꺼번에
터져나올 채비를 하는
꽃망울들을
잠시 시샘할 수도 있지

잠잠해지면
꽃천지

내 세상

시집

시집 내기 전엔 시집 안 가
말도 안 되는
자신감으로
자존감으로

혼자 강둑을 걸으며
산울림 노래를 웅얼거리며
밤하늘 올려다보며 읊조리던
막연한 다짐의 독백

걸음 자취마다 외로움이 찍혔던
아련한 나의 이십대 청춘
밤새 시집을 읽고 가슴 뛰던
순수했던 열정

시집오기 전
시집을 못 낸 나는

그 당찬 생각들
서랍 속에 가둬놓고 꺼내질 못했네

멀리도 지나왔구나
아득하기만 하구나
다시 그 마음 꺼낼 수 있을까
시집온 지 벌써 서른 해 지났는데

절벽

네가 벼랑 끝에 서 있을 때
나는 너를 외면할 수가 없어서
그렇다고 너를 붙잡을 힘도 없어서
그저 발만 동동 구르며 울기만 했다

세상의 한을 혼자 다 품은 듯
넋이 빠진 얼굴로 휘청거릴 때
나도 함께 다리가 풀려
온전히 설 수가 없구나

내 너에게 한 걸음씩 다가가
기꺼이 손을 잡아주마
거기 서 있지 말고
함께 미지의 땅을 밟아보세나

초미세 먼지

44층 고층 빌딩에서 내다본 창밖
앞산에 초록은 보이지 않고
온통 희뿌연 잿빛 세상
바로 앞 시야도 뿌옇게 가려졌다
대체 어찌해야 창문을
활짝 열어젖히고
숨을 쉬겠나 말이다
뉴스 속 날씨도 온통
불투명 세상을 보도하니
괜히 목구멍이 더 간질거리고
헛기침이 나온다

오늘의 날씨
나만큼 탁하고
초미세 먼지 매우 나쁨

Y그네

우리는 그곳을 Y라 불렀다
그 시절 대구 중앙통
낡은 YMCA 건물 뒷마당

흐릿한 가로등 아래
오래되어 삐걱거리던 낡은 그네 두 개
마주보고 앉던 낡은 벤치 몇 개
1980년대 초
약속하지 않아도 약속된 듯
자주 그곳에서 만나
시를 얘기하고
속 깊은 공감을 나누었지
귀한 추억의 고교시절 문학 친구들

대학생이 되면서 곳곳으로 흩어져
중년이 된 지금까지
어느 곳에 있든 서로 안부를 이어와

가끔 주점에 모여 막걸리 한 잔 나누는
멋들어진 친구들
무심코 문득문득 흔들거리는 Y그네 추억
지금은 높다란 빌딩으로 바뀌어
흔적조차 없지만
애잔함 깃든 우리 인연의 상징

너와 나와 詩와
Y그네의 아득한 그리움

무릇, 깊은 봄날

내가 점점 꽃띠가 되어가는 건가
밖으로 나가 꽃이 되고 싶다
혼자 집에 박혀 있는 걸 좋아하던 내가
흐트러진 촛점 가다듬고 책을 읽던 내가
서랍 구석구석 나란히 정리하던 내
뭐든 제자리 각 세우고 깔끔하던 내가
이도 저도 아닌 가치관으로 뒤죽박죽
책을 읽어도 엉키고 엉켜 이해불가가 되고
자리 못 찾고 아무데나 내팽개치는 일상들
아, 내가 꽃띠가 되어
꽃바람이 드나 보다
나이 든다는 것은
자꾸 바깥으로 나다니고 싶어지는 것일까
바람에 실려 제 멋대로
마구 흩날리고 싶은 것일까

어쩌다 나눈 대화

엄마
나중에 내가 오십대가 되면
엄마같은 사람이 될거야

엄마같은 어떤 사람?

느긋하고 이해 잘 해주고 편한 사람

그래 고맙다 아들아
그래야 세상 살기 편하더라

詩를 위한 詩

서둘러 밖으로 나오려는
언어들에게 줄을 세우고
단호한 선생님 같은
표정을 짓는다
잠 들었을 때도 주절주절
쉬지 않고 나대는 아이들의 몸부림

언제부터였던가
가속도가 붙어 달리기를 하는
내 머릿속 아이들을
붙잡아 둘 수가 없어졌다
느닷없이 산에 오르고
냇가에 가 있고 혹은
내 꽁무니만 졸졸 따라다니며
혼을 빼놓는 그들의 무질서

호루라기 한번 불어 줄지어 놓고
차근차근 솎아내어 볼 일이다

몸살

열꽃에 입 안이 헐고
살갗이 찢어질 듯 날이 서 있고
내 몸 같지않은 몸으로
그래도 해야 할 최소한의 설거지를 하고
끙끙 앓는 소리를 내며 누운 날

밥은 알아서들 무라

여행전야

곤히 잠자고 일어나
시원한 질주
여행을 떠나자
내 속에 갇힌 많은 생각들을 비우고
다시 도약할 수 있도록
생의 하루하루를
긍정으로 만끽할 수 있도록
꽃을 눈에 가득 담고
더 아름다워져야지
삶에 내려앉은 허무와 단단히 맞설 곳
그곳을 찾아
무작정 떠나자

내가 본 것이 무엇인가

울산 대왕암
웅장한 바위들
바다를 지키는 수호신처럼
기세를 뽐내고 있다
그 한 켠 외진 곳
소나무 숲속 바위절벽
아래로 서슬퍼른 파도소리
그 소리 들으며 지나는 길

나무에 걸린 군인목걸이

그 나무 아래는
절벽인데
바다인데
어찌 사람은 안 보이고
저게 걸려 있나
아찔한 생각이 드는 건

뭐지

내가 본 건 뭐지

제발 내 상상이 틀리기를 바라며

눈을 감았다

희망가

술잔이 마주보고 앉아 있다
우리는 별 따는 이야기로 분주하고
밤하늘의 별은 우리를 내려다 본다
낯선 곳에서 이방인으로 헤매다가
어느덧 익숙해진 지구의 한 모퉁이
그 골목 가로등이 우리를 비추고 있다

비틀거리지 않는 삶이 어디 있으랴
바닥을 기어다니다 비상하는 나비의
위대한 날개짓을 꿈꾸며
낭만을 노래하고
열린 마음으로 대화를 하고
드높이 날아다니는 추억의 기로

시간은 분명
우리의 잔을 행복으로
채워줄 것이다

그 집

그 집에는 어머니가 살고 있었다
정원에 분꽃이 가득했던 그 집
옥상에 평상이 놓여 있던 그 집
아버지는 꽃밭 가득 물을 주었고
식구들은 평상에 누워 속삭이길 좋아했지
모두들 어디로 떠났단 말인가
그 집은 여전히 그림처럼 서 있는데
왜 돌아올 수 없는 길을 서둘러야 했는지

서른 마흔 쑥쑥 지나
다시 찾은 고향의 그 집
다행스럽게 온전히 버티고 있는
대문 안에
내 어릴 적 기억 속
어머니도 살고 있고
아버지도 살고 있고
분꽃도 피어 있구나

인연

훗날
우리는 무엇으로 상생할까
억겁의 시간 묵묵히 버텨 낸
이 땅에 존재하는 모든 생명이여
찬란하고도 엄숙하도다
꽃으로 나비로
흙으로 바람으로
무엇 하나
잊혀질 것 있으랴 속세의 인연

가족

아련한
그, 아련한
이름

가족

기쁨도
슬픔도
무조건의

가족

그러나
더러는 아프기도 한
이름

가족

한계령 안개

산길따라 굽이굽이 한참을 올라
한계령 휴게소에 차를 세워두고
짙은 커피 한 잔 마시며 산 내음을 맡는다
여름비 내린 뒤 온통
안개에 둘러쌓인 능선들
먼 산을 응시하며
같이 간 친구는
멀리 타국으로 돌아갈 걱정을 하고
나는 너와 다시 이별할 걱정을 하고
그녀와의 이별은
늘 마음부터 무너지는데
수년 만에 한 번씩 고국을 다녀가니
또 한참을 기다려야 하는
눈앞의 안개 낀 마음
한계령 한여름 안개 속에서
우리는
그냥 말없이 손을 잡았다

후유증

여행을 끝내고
집에 와 앉으니
온 몸이 아려온다
머리 끝부터 발 끝까지
특히나 마음이

보고 듣고 웃고
함께한 시간의 정리가
늘 아픔인 것은
우리의 정이 더욱
깊어지는 그 무엇

피곤함에 그런 건 아니었다

3부 _ 오래된 서랍 속

투명콩깍지

십년이 넘었는데도
남편의 눈동자에 덮힌 투명콩깍지는
벗겨지지 않는다
예나 지금이나 그는 한결같은 두께로
내 얼굴을 투시한다
그것이야말로 벗겨지면 벗겨질수록
내 속을 깊이 들여다 볼 수 있겠지만
그는 늘 두터운 시선으로 겉만 본다
다행히 나는 아내로서의 이랬다저랬다
변덕스러움을 들키지 않는다
결혼 십년이면 있을법한 위기가
그의 눈 속에서 반사되어 나와
허공으로 흩어지고
그래서 늘 평온해 보이는 내 일상
부드럽게 웃어주기만 하면 행복해하는
맑디맑은 남편 두 눈의 투명콩깍지

-2003년

사춘기 이야기

1.

눈물로 얼룩진 편지 한 장
-아버지
꼭 성공해서 돌아오겠습니다.

2.

볕도 들지 않는 작은방이 싫었지
내 꿈이 너무 커서 남아 있을 수 없었지
결심이 단단해진 스무살 어느 여름
야간열차에 올라탔지
덜컹거리는 차창 밖으로 스쳐 지나는 기나긴 세상
눈물에 젖었지
슬픔에서 살아남고 싶어졌지
누군가 기다려 줄 사람 하나 없는
용산역 플랫홈에 도착해
온몸의 무게를 발걸음에 실어 주었지
혼자 새벽별과 얘길 나누었지

3.

서울생활을 시작할 때

내 보금자리는 서울역 광장

운 좋게도 나는 나처럼 허드레한

촌뜨기 친구들을 만나

함께할 수 있어서 행운이었다

혼자라면 무서웠을 서울역 광장의 밤

겁나지 않았다

한낮의 노동에 지친 우리는 그곳으로 모여

플라스틱 의자에 등을 기대고 앉아

늦도록 하늘을 올려다보며 꿈을 펼쳐 보았다

10년 후의 내 모습은 어떠할까

20년 후의 나는 무얼하고 있을까

그때마다

내 어머니가 웃어주셨다

하늘나라로 올라가실 때 내게 남겨주신 한마디

울지 말아라

나는 언제나 웃었다

4.

내 안에서 싸움이 일어났을때
시시때때로 절망을 주는 세상의 힘에게
나는 부드럽게 대해주었다
더러는 삿대질을 퍼붓고 싶었지만
내겐 언제나 적당한 타협이 필요했고
어린아이처럼 달래고 업어주고 안아주었다

5.

고향친구의 상경으로 기뻐하던 나는
그녀가 머물고 있는 친척집에 자주 들락거렸다
가끔씩 그녀의 방에 함께 자는 날
밤새 도란도란 서울얘기를 했고
행운을 맞게 된 것도 그곳이었다
옛날식 화장실에 앉아 신문을 보다가

괜찮은 일자리를 찾게 되고
기숙사로 들어간 후로는 적응이 빨랐다.
신입사원인 나를 면회 온
반가운 대구 동인은
자신이 공부하던 책들을 한 보따리 내려놓으며
꼭 공부해서 대학 가라는 말을
남기고 돌아섰다
그 밤 늦은 시각의 다짐으로 나는
대학생의 꿈을 이룰 수 있었다

-1990년

잃어버린 얼굴

살오른 하늘에서
날마다
인연의 목소리로 춤을 추며 내려오는
낯선 탈바가지들이
얼굴을 잃어
외마디 소리 지를 기력도 없는 탈춤을 춘다

코끝으로 매달린 도시의 무게
허드레 웃음 뒤에 숨어 있던 얼굴이 달아나
잠시는 시끄러운 공간
사람들은 모두 도시의 불빛 사이로
제각기 얼굴을 찾아 나서지만
거리는 온통 붉은 신호등과
또 다른 만남의 탈춤뿐
아무도 제 얼굴을 찾지 못한다

지치는 밤

서늘히 식어가는 살갗이 숨을 쉬고
내일은 또 내일의 탈춤을 추어야 한다
아침마다 새로이 내려오는 탈을 쓰고
땅을 딛고 사랑의 누더기를 걸친 채
휘청휘청 병(病)든 몸을 뒤척여야 한다

-1985년

친구

긴 잠에서 깨어나 너를 만난다
헤진 꿈속을 드나드는 너의 모진 바람이
주체하지 못할 정도로 오래 자라온
도시의 풀들을 쓰러뜨리고
질긴 풀처럼 날마다 쑥쑥 자라온 너의
머릿칼과 뼈대를 바람은 말없이 쓰러뜨린다
우물속에서 개구리짓만 하기 싫다던
그 몸부림으로 훌쩍
헐벗음과 찬서리와
잊지 못할 한가닥 희망을
다만 간직하고 떠나와
서울의 대학가는 그리 공기 좋지도 못할 것을
그래 그 겨울 썰렁한 자췻방에 누워
자유의 목소리로 힘껏 노래만 부르면
밥은 제대로 먹을 수 있더냐
잠은 제대로 잘 수 있더냐
자유의 목소리로 힘껏 노래 부르면

밥 안 먹어도 배불러

잠 안 자도 건강해

말라비튼 몸으로 목뼈만 굵어진

무거운 의지의 너를 만날 때면

만날때마다 현기증이 일어난다

곳곳의 하늘을 다 뛰어볼 만큼

다리가 충분하지 못해

오히려 신나게 비 내리는 날 풀섶에 누워

축축한 휴식을 울음으로 노래 부르는

너의 하늘은

아직 시퍼렇게 멍들어 있다

-1987년 6월

새벽바다

새벽이 오면 떠나야 한다
철지난 바다 뒷덜미에서

생각보다 쉽지 않은 출발이
건조한 돌모래처럼
발길에 채인 언어를 줍는다

스무살만 되면 마음놓고 눕겠다던
아버지의 등가죽은
지난밤 새 또 한껏 휘어지고

기나긴 외출 시간에 함께 따라나설
바람일 수 있다면, 갈매기야
그 부리에 박씨 하나만 물어다 주렴

그러면 내 양심껏 애비 등가죽 세우고
홀연히 어디로든

떠날 수 있을텐데

새벽 바다
높게 출렁이며 달려오는
애달픈 情

-1988년

오늘 밤에는

1.

오늘 밤에는 누군가에게 편지를 쓰고 싶은데

아무리 생각해도 쓸 곳이 없다

그래서 일단 시작은 하면서도

아직 누구에게로 갈지 모르고있다

너무 가까운 사람은 쑥스러워서 안 되고

새삼 무슨 편지냐 싶어 안 되고

웬, 나도 모를 간만의 짓이 낯설다

살아가며 부딪히는 모든 일들이

나이 들수록 점점 더 낯설 듯

편지라는 말 자체가 낯설어져 버렸다

2.

결혼을 하고

아이를 낳고

이사를 다니고

가난한 이웃을 만나고

죽음에서 이겨내는 것을 보고
또한 죽음도 보고.
내 앞에서 얼마나 또 낯선 일들이
나를 기다리고 있을까

3.
쓰고 있는 중, 한 번 더 고민한다
누구에게로 보낼까
이렇듯 갈피 잃은 내 글의 존재가 안쓰러워진다
어린 아이를 껴안듯 껴안아주고 싶어진다

-2000년 2월

내가 본 가수 이용복

명동의 어느 조그마한 무대 위
빨간 외투를 걸치고 기타를 치며
노래 부르는 맹인가수
콘서트라는 이름으로 사람을 모으기엔
작고 허름한 소강당
모서리 구석진 자리까지
그를 보러 따스한 마음들이 앉았다
남자도우미의 손을 잡고
더듬더듬 그러나 익숙하게 걸어나온
그의 첫마디
-많이들 와 주셨군요!

중년의 인생이면 그리워할 노래 속
모인 사람 모두 나처럼
숨죽여 그를 훑어본다
검은 안경 뒤에 가려져 있을 그의 두 눈
크고 굵직한 음을 내놓는 딸기빛 입술

조용히 내려앉은 불빛

정작 무대를 바라보는 관객들을 그가 위로해 준다

보이지 않는 흉을 지니고 사는 사람 모두

당당하라 일러주시는 듯

작지만 멋진 무대 커다란 노래소리

-감추어 둔 나를 내놓고 싶어진다

-2005년

톱질

이쪽의 끝

저쪽의 끝

눈대중으로 귀퉁이에 톱질을 한다

좁은 방 모서리 한 켠

남은 공간에 끼워넣을 책장 하나가

어찌나 얄밉게도 간발의 차이로

들어가지 않아 난감해하다

결심한 톱질을 한다

정확히 가늠하기란 어렵지 않은 일

수직에 밝은 내 눈은

조금만 기울어도 고개가 기운다

달리 측정할 필요 없이 이쪽 저쪽 눈을 찍고

그렇다고 선을 그을 필요도 없다

줄자처럼 정확한 삶의 계산법

그렇지 않으면 풀리지 않는 문제가 널린 좁은 방

자로 재지 않고도

바르게 볼 수 있는 눈을 가지고 사는 날
우리의 계산은 섬세해지리라

바른 줄 바른 길 바른 톱질
아귀가 맞아떨어졌다

-2005년

양치질을 하다가

양치질을 하다가 문득 들여다 본 거울의
내 얼굴에서
어머니의 얼굴을 본다
세월이 가도 그 어느 시점에서 멈춰 버린
어머니의 어여쁜 모습은 더 이상 늙지 않는다

사십대의 화려하게 피어오르던 선홍빛 장미의
아름다움을 고스란히 기억한다
더 활짝 피어오를 수 있을 나이에 지고 만
안타까움의 열정을
내가 나이 들어서야 서러워할 수 있었다

내가 사십이 다 되어가는 오늘에서야 나는
어머니의 그때와 똑같아지고 있음을 알 수 있었다
당신처럼 아름다울 수는 감히 없지만
또한 나도 자식의 어미가 되어 보니
아, 내 어머니의 마음도 이러했으리라

잔 비가 내리니

아들 우산 갖다주러 가야지

양치질을 하면서 문득

거울 속의 벽에 어머니가 기대어 서서

내 마음을 읽고 계심이 보인다

-2005년

감자탕을 먹으며

남편과 아이들과 함께
감자탕을 먹으러 식당에 가서
소주 한 모금 마시고 국물을 뜨는데
갑자기 생각나는 아버지 얼굴
아이들을 바라보며
외할아버지 보고싶다
라고 말하는 순간
주르르 눈물이 흘러내리고
아들 녀석이 탁자 위 휴지를 꺼내주어
눈물을 닦으며 겨우 또 국물 한 술 넘기는데
목이 메이며 또 생각나는 아버지
아, 정말 아버지가 보고싶다

-2004년

버팀목

열세 살 열한 살
아직 어린 두 아들이
이렇게 든든할 줄이야
집에서는 뒹굴뒹굴 보채기만 하고
그저 잘 차려진 식탁만 주문할 줄 알더니
긴 여행길에 지친 엄마를
사이에 둘 줄 안다
나무와 나무 사이 바람이 일어
그 시원함으로 무더위를 견디게 한다
따가운 햇살 아래 흐르는 땀방울
두 그루의 나무가 말려주기도 한다
누적된 불면증과 현기증의 약한 모습
너무 많이 보이며 살아왔던가
눈물 많은 나를 엿보며
마음이 자랐구나
말없이 두 손을 하나씩 꼭 잡고 놓지 않는
잘 자라는 나의 버팀목 두 그루

-2006년 여름여행

콜로라도의 달

머나먼 이국 콜로라도의
강물에 비친 달을 바라보며
서울의 시각을 손꼽아본다

내 사랑하는 사람 모두
지금은 한낮을 살고 있을 테고
나는 지금 타국에서 밤잠을 청하고

나의 방 창문을 밝히던 달
먼 곳까지 따라와주어
늦은 밤 마음마저 밝아진다

그대들과 함께 잠들고 함께 숨 쉬는 일상이
얼마나 소중한 것인지
지금 내가 얼마나 그리워하는지

낮과 밤을 거꾸로 살게 된 날

흐르는 강물을 바라보며

함께 흐르는 것의 의미를 되새겨 본다

-2006년

그날, 대한문 앞에 서다

― 故 노무현대통령 서거, 노제(路祭)

노란 풍선 하나 들고 서 있었지
말이 없는 편인 나는 그날도 아무 말 않고
멋쩍은 표정으로 낯선 사람들과 눈인사를 나누었지
결코 낯설지 않은 마음 노랗게 물들었지

누군가 소리내어 울었지
나는 소리없이 울었지
울음이 흐르는 바다 한 가운데
노란 물결 끝없이 출렁이고

무대 위 이별 노래 마지막 소절
약속되지 않은 언어로 일제히 날린 풍선
하늘로 하늘로 오르던 이별의 아쉬움
나도 모르게 내 풍선도 오르고 있었지

2009년 5월 29일

덕수궁 대한문 앞 힘없이 서 있던 날

내 마음 속 주체할 수 없는

노란 파도가 거세게 몰아쳤지

-2009년 5월

오금교 위에 서면

오금교 위에 서면
내가 보일 거예요
구로에서 양천으로 넘어오는 화합의 다리
첫발 디디면 아름다운 구로구 표지판이
장승처럼 마을의 안부를 건네주고
끝까지 건너와 멈추는 걸음 앞 푯말 속
웃는 언어가
아름다운 양천구를 친절히 소개하며
그대들을 기다리고 있어요
아래로 안양천 긴 하천이 엄마품을 찾아
한강 쪽으로 쉼없이 내려가고
나는 그곳에 주절주절
말을 걸어봐요
밤마다 별똥별도 던져넣고 고뇌도 던져넣고
님의 그림자를 건지기도 해요
그 희열의 하천 위
화해를 다지는 다리 오금교 위에 서면

높다란 빌딩 어느 곳에서

그대를 기다리며 서 있는

내가 보일 거예요

-2010년

덫

그해 겨울 저항할 기력도 없이 붙들려
세번째로 산소통에 들어갔다

둘레를 벗어나지 못하는 습성
그때 붙었으리라 밖에선
두려움 희석할 온수 대신
문고리 채우는 전율만 넣어주고
실험실의 쥐처럼 뉘어진 나를 엿보았다
그 눈은 두리번거리는 내 동공을 일일이 기록하며
그러나 갇힌 자의 마음은 기록하지 않았다
혀 끝 뱉을 수 없는 내 사랑의 이름이 굳고
철저히 외면하고픈 상처 혹은 안도의 한숨
펼쳐 생각할수록 목이 조였다
달아나려 발버둥쳐도
문은 열리지 않았다

겁에 질린 꿈 속 벌이 날아와

얄팍해진 삶에 꿀침을 쏘아 주고

겹겹이 기억의 솜틀을 박아 주었다

혀 끝 가득 단내나는 꿀이 고이고

고막을 찌르는 윙윙거림

꽃망울 터트릴 즈음 들녘에 홀로 두고 떠나간

어머니는 벌이 되어

꿈속을 맴돌며

고장난 전구처럼 가물거리는 의식에

빛을 걸어주셨다

오므라든 잠을 뻗는 순간

문이 열렸다

-2011년

엄마

엄마의 살냄새 그립다
엄마보다 내가 오래 살고 있다
엄마가 내 나이 되기 전에 멀리 가셨다
내 나이 마흔다섯 아직 어린데

왜 몰랐을까
왜 몰랐을까
아무리 어렸어도 왜 몰랐을까
물수건으로 얼굴이라도 한 번 닦아 드릴 걸

알아주실까
알아주실까
내가 이렇게 자라 엄마가 되니
엄마를 한 번만이라도 안아 드리고 싶은 것을

-2009년

생각의 뜰에 앉아

그 어떤 것도 지니지 못했다 한들
무성한 푸름의 나무를 키울 수 있는
생각의 뜰을, 거두지 않고 살 수 있음이 고귀하다

그 사실 앞에서 두 손 모아 기도하나니
나를 반 쯤 데려가던 검은 그림자
나머지 반의, 목숨을 남겨두어서 감사하다고

가끔은 인정하지 못할 시간의 기억
스스로 달래며 그 뜰에
홍건히 물을 준다

-2012년

그래도 이렇게 살아갑니다

아직 젊고 예쁜 꽃인데
꺾여지고 향기를 잃어갑니다

추스려 다시 곧게 오르고 싶어도
아름다웠던 시절로 돌아갈 수 없어

다시 피어나면 화려하리라는
욕심 하나 마음에 넣어두고

목젖까지 오르는 슬픔을
맛있게 넘겨봅니다

오늘도 나
이렇게 살아갑니다

-2012년

반전(反轉)

어쩌면
더 나은 날들이
나를 기다리고 있을지도
몰라

지금 보다 훨씬 더
몇 배의 기쁨을
누리게 될지도
몰라

-2012년

새로운 시작

새벽녘 눈 비비며
컴퓨터를 켜면
환하게 반겨주는 다섯 글자

새로운 시작

늦도록 한 줄 시도 쓰지 못해
꿈속에서 쥐어짜던 언어 또아리
스르르 풀질 되어 반듯해지고

넓은 집 이사 가는 것도 새롭겠지만
선잠 깬 나를 반기는
새로운 시작

-2013년

메시지

할 말 많은 세상
농축된 언어
알지도 못하는 곳에서
알고 싶지도 않은 이야기들이
관심 없는 소문이 되어 떠돌고 있다

그대와 나의 은밀한 속삭임
그것도 아니면서

-2013년

성냥개비

시대에 물러난 성냥개비를 우연히 바라보다
만지작거리며 훑어본다
어딘가든 그으면 활짝 웃는 모습을 할 것인가
자신의 본분을 그것으로 여기며
완전히 떠날 줄 아는 몸

그렇다면 제 할 일 아닌 아득함 하나,
이 몸체로 아버지의 딱딱하기 그지없는
발뒤꿈치를 긁어드렸던가
밤마다 꾸벅꾸벅 졸던 효심(孝心)으로
피곤함에 지친 아버지의 발을 껴안았던가

나의 졸음을 외면한 채 아버지는 늘
먼저 잠 속으로 들어가 길게 코를 고셨지
그 잠의 깊은 곳까지 찾아가 피곤을 긁어드릴 때면
잊지 않고 이름을 불러주시던 사랑

팔각의 집에서 제 잘난 것 하나 없이
누구 하나 먼저랄 것도 없이
타서 없어지는 기쁨을 주고 사라질 줄 알던
가난한 시대의 아득함이여

-2011년

날이 새면 베니스에 가고싶어라

날이 새면 베니스에 가고 싶어라
가곡의 울림으로 가득찬 물의 나라
비가 와서 더 좋은 조각배를 타고
당신은 하염없이 출렁이는
물이 되었지
비가 되었지
우산이 되었지
물 위에 지어진 집들 사이로
구부러진 골목이며 불빛이며 낯선 이방인이며
사랑의 잣대 하나로 노를 저을 수 있었던
그 깊고 푸른 물 위의
가녀린 모든 일들과 내 심장과
어쩔 수 없는 카타르시즘
어느 흐린 어떤 날
다시 흐린 어떤 날
비를 닮은 당신을 만나러 나는
베니스에 가고 싶어라

-2014년

4부 _ 사진이 있는 詩

—여행예찬

주객전도

놀러왔다가
눌러앉다

향수 100리길

같은 자리
뒤돌아 서면
그 자리가
그 자리

그 자리 다시 돌아오는 길
이다지도 멀었네
그대와 나의 재회
100리

참이슬

생각을 알알이 머금은 채
투영된 무게
너의 고뇌 속에 맺힌 방울도
곧 터트려질 터이니
희망의 햇살이
너에게도 비칠지니

가족사진

모두 웃으세요

하나 둘 셋
찰칵!

빈 의자

기꺼이 내어 드리리이다
지친 옷 매무새
추스리고 가소서

여행예찬

예쁜 꽃 멋진 나무
새소리 물소리 바람소리
마음을 정화시켜 주는 최고의 선물
여행은
더불어 자연이 되는 시간

세상의 중심은 나

오스트리아 짤츠부르크 대성당 앞에
우뚝 서 있는
사.람.

세상의 중심은
나

나도
내가
세상의 중심

부디

제가 아는 모든 사람들이
아프지 말고 건강하게
해 주소서

가졌다고 잘난 체 말고
가난하다고 기죽지 말고
남을 존중할 줄 알고
나를 낮출 줄 아는 사람으로
살게 해주소서

뜻하는 모든 바
이룰 수 있도록
용기와 희망을 주소서

윤슬

저 강물 위 맘껏 노니는
햇살 한 알 낚아올려
입 속에 동그르르 굴려볼까나
햇살 머금은 삶 살아볼까나

무제

몫을 다해 버려질지라도
누군가에겐 필요한
존재가 될 수 있으니
세상에
하찮은 것은 없나니

선물

아픈 날

대문 앞 단정히 두고 간

예쁜 마음

기다림

그리운 마음 시들기 전에
서둘러 오시게나
한 잎 한 잎 그대들과의 추억을
정성껏 간추려 놓고
설레는 마음 가누고 있나니

먹구름

입 닫고 귀 닫고 눈 감고
세월 살아갈수록 드리우는
허무

상념의 바다

모든 걱정들
한순간
바다가 되었다

겨울

정지된 시간들
나무처럼 서 있다

환생(還生)

나처럼 보잘 것 없던 돌멩이

다시 태어났네

꽃으로

-친구 최화련 화백 작품

희망의 시작

절망의 끝

침묵

탁하고 험난했던 시간
온 세상 전체를 떠돌던 바이러스
코로나19
서로에게 거리를 두어야 했던
침묵의 시절
다시 오지 않기를

졸업

긴 시간 멀고 먼 고지를 향해 뚜벅뚜벅 잘도 걸어올라
마침내 다다랐구나. 너의 뒷모습을 응원한다.

응원가

두 팔 벌려
멋지게 품어보렴
너의 세상

그라운드를 누비는 공처럼
맘껏 달려보렴
너의 열정

호수

옥빛에 사로잡힌
고요한
나의 마음
쪽배에 실어 살포시 띄우리

추천의 말

시집 발간을 축하하며

화가 최화련

유배지 같았던 용인 기흥이라는 산골짜기에서 갓 스물을 넘은 패기 넘치던 소녀시절, 1985년도 스무살 초반에 그녀를 만났다. 지금이야 기흥이라는 도시가 어마어마하게 발전된 곳이지만 그 시절엔 깊은 산 속에 홀연히 자리한 삼성반도체 공장이 있었고, 어려운 형편에 대학진학은 꿈도 못 꾸던 나는 그곳에 입사하여 나름 최첨단 산업의 역군이라 자처하며 일상에 충실했다.

당시 회사 내 '스펙트럼'이라는 사내 음악 그룹사운드에서 전자오르간을 치며 동우회 활동을 하던 그녀, 음악에 재능이 있는 사람인가 했는데 뜻밖의 소박한 일상과 심상을 기가 막히게 문자언어로 해석해 내는 탁월한 재주 또한, 가진 사람이었다. 그래서 눈여겨 보았다. 내게 부족한 면과 비슷한 면을 찾아 지남

철 양 극이 서로 끌리듯 친구가 되었고 그후 40년 남 짓한 시간을 한결같은 마음으로 지내오는 아름다운 사이다.

길지 않은 회사생활을 마감하고 꿈을 위해 대학으로 시(詩) 공부를 하러 떠나 혼자 남아 있는 내게 매일 위로와 격려를 담은 엽서를 일기처럼 보내주던 그 녀였다.

흔들리지 말고

흔들리더라도 마음까지 흔들리진 말고

뿌리까지 다치지는 말고

네 안의 너를 바로 세워

멀리 보이지 않는 곳까지 생각할 줄 아는 눈으로

더불어 나눌 수 있는 따뜻한 가슴으로 손으로

우뚝 서 있어주오

사랑이라는 이름으로

－「나무가 나무에게」전문

덕분에 나 또한 맘속에서 꿈을 놓지 않고 매일을 충실히 살았다. 지나가는 바람결 하나, 흔들리는 가녀린 꽃망울 하나의 모습도 꽃바람처럼 시로 날리는 그녀만의 재주 덕을 톡톡히 보고 살아온 여럿 중에 하나다 내가. 덕분에 문득문득 어렵고 힘들 때마다 용기를 낼 수 있는 힘을 얻었다. 참 많이도 돌고 돌아왔지만 풋풋했던 스무살의 청춘이었던 그녀는 시인이 되고 나 또한 꿈꿔왔던 화가가 되었다.

오랫동안 갈고 닦아 차곡차곡 쌓아 놓았던 유려한 글들을 묶어 책으로 낸다는 그녀에게 어떤 언어로도 그녀를 충분히 표현할 수 없음이 아쉽다. 어느덧 이쯤의 나이가 되고 보니 인생의 어떠한 이야기도 정겹게 들리는 것은 生이 물들고 익어간다는 방증이 아닐까.

살아오면서 아름답고 행복했던 이야기들 사이에 코끝시린 이야기들조차도 美麗한 詩語로 담금질해낸 그녀의 글이 모든 이에게 용기가 되고 위안이 되리라 믿는다.

※최화련
-경기대학교 예술대학원 서양화과 졸업
-현재 한국미술협회 경기화우회 회원

내가 나에게

초판 1쇄 펴낸 날 / 2023년 7월 31일

지은이 • 최경옥 | 펴낸이 • 임형욱
펴낸곳 • 행복한책읽기 | 주소 • 서울시 종로구 창신11길 4, 1층 3호
전화 • 02-2277-9217 | 팩스 • 02-2277-8283 | E-mail • happysf@naver.com
배본처 • 뱅크북(031-977-5953)
등록 • 2001년 2월 5일 제2014-000027호 | ISBN 979-11-88502-26-4 03810
값 • 12,000원